JN063270

Même si la pomme ne dit rien

Poèmes et illustrations de Sho ASAKAWA

Aomori Bungeishuppan

林檎は何にも言わないけれど

詩・絵

浅川 祥

青森文芸出版

Cet ouvrage est dédié à ma mère, à sa famille,
et à tous les cultivateurs de pommiers
du Tsugaru*.

Sho ASAKAWA

* La région du Tsugaru est un nom régional qui fait référence à la
partie ouest de l'actuelle préfecture d'Aomori

この作品は母と、母の実家、
そして、全ての津軽のりんご農家の方々に捧げるものである。

浅川　祥

詩画集に寄せて

"林檎は何にも言わないけれど" は、私の生活の中にあった情景である。

携帯ラジオをみんなで聞きながら手伝った交配やりんごもぎ、りんごの木の根元から登ってくる蝉の幼虫、スプレーヤーや耕耘機の音、平静なそぶりで台風が過ぎるのを待つ家の中、肥料店の帽子や白いふろしきを被り畑仕事に邁進する父や母の姿。

花咲く頃の林檎畑と剪定が終わった雪の中の林檎畑を見るのが大好きである。ゆっくり眺めたい時は、五能線に乗る。

板柳から川部までの車窓の林檎畑に、いつも胸が熱くなる。生活の中にあったりんご畑だからなおさらである。

そして、私も言いたくなる。

"実家の弟のりんごが世界一おいしい。"

全てのりんご農家が自分のりんごが世界一だと言いたいはずである。

そうやってりんごを作っている。そう思ってりんご畑にいる。

その思いが浅川 祥さんに届いている。

ふゆめ堂　山谷 あや子

8

Pour le recueil de poésies illustrées

« Même si la pomme ne dit rien » est une scène quotidienne que j'ai connue dans ma vie.

Nous aidions à la pollinisation manuelle et à la cueillette des pommes en écoutant la radio portable, une larve de cigale monte au pied du pommier, les bruits d'un sprayeur et d'un motoculteur, dans notre maison nous attendions dans un semblant de tranquillité le passage du typhon, l'image de mon père et de ma mère se précipitant aux champs portant un « furoshiki* » blanc et un chapeau que l'on trouve dans un magasin d'engrais.

J'aime beaucoup le moment de la floraison des champs de pommiers et dans la neige après l'élagage. Lorsque j'ai envie de les contempler, je prends le « Gonôsen** ».

De Itayanagi jusqu'à Kawabe, au passage des champs de pommiers par la fenêtre, je sens toujours une boule monter dans ma gorge. C'est évident parce que ça faisait partie de ma vie.

Et j'ai envie de dire aussi.

« La pomme de mon petit frère est la meilleure du monde »

Tout cultivateur de pommiers dira que sa pomme est la meilleure du monde. C'est comme ça qu'il travaille la pomme. C'est en pensant ainsi qu'il est dans son champ de pommiers.

C'est ce sentiment qui a été entendu par Sho ASAKAWA.

FUYUMEDÔ   Ayako YAMAYA

* furoshiki : Tissu traditionnel utilisé pour l'emballage d'objets du quotidien, mais dans ce cas pour aussi protéger la tête et le visage du soleil.
** Gonôsen : Ligne ferroviaire locale partant de la gare de Kawabe (Préfecture d'Aomori) à la gare d'Higashi-Noshiro (Préfecture d'Akita)

Poèmes et illustrations

Même si la pomme ne dit rien

詩画集

林檎は何にも言わないけれど

七年目の朝

ぐーぐど行ぐ従弟さついで

林檎の木くぐっていったっきゃ

蝉の脱げ殻

かさらっと樹皮がらはがして

ティーシャツさぶらさげで歩いたんズ

ズックぐっと浸みってまって

Le matin de la septième année

Je suivais mon cousin qui avançait sans scrupule
Alors que l'on traversait les pommiers en tunnel
Des mues de cigales
Délicatement j'en décollais d'une écorce
L'accrochant sur mon T-shirt, je marchais
Ah, mes chaussures sont bien mouillées

生贄(いげにえ)

おめ達(だち) 畑(はだげ)さ入るなって
一人して農薬(くすり)散布(かげ)に行って
体 大儀(たいぎ)になる齢(とし)になったきゃ
癌で畑さ出らいねんだバ
なんぼ美味(メー)りんご作ったって
割に合わねベナ

Sacrifice

Ne rentrez pas dans le champ, dis-tu
Tu y allais seul pour pulvériser l'insecticide
Maintenant usé par l'âge
Avec ton cancer tu ne peux plus aller au champ
Même si tu cultives les meilleures pommes
C'est déraisonnable

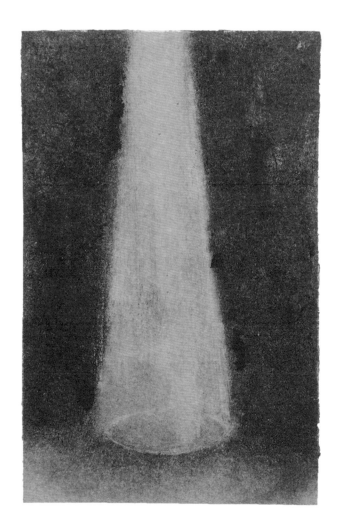

畑の七色

お日様色の人工授粉
うす桃色の花摘み
空色の袋かげ
透ける緑の葉取り
銀の反射のシート敷ぎ
紅いりんごの玉回し
雪の中の枝切り

Sept couleurs du champ de pommes

La pollinisation manuelle, couleur du Soleil
La cueillette des fleurs Rose pâle
L'ensachage Bleu ciel
Le Vert diaphane de l'effeuillage
La pose des bâches réfléchissantes Argentées
La pomme Écarlate pivotée
L'élagage dans la neige

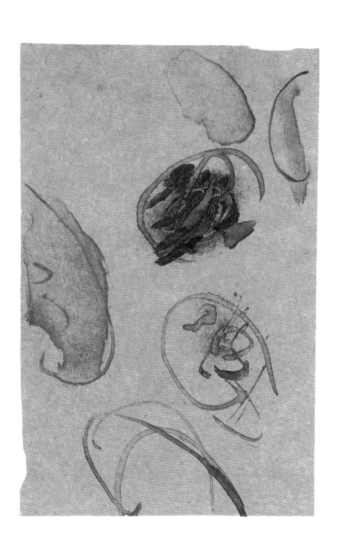

実家

町さ住んで
役所さ勤めで係長(かがりちょう)までしても
台風の夜
りんご苦(く)になって寝られねんだオン

La maison familiale

Citoyenne de la ville
Même étant cadre, travaillant à la mairie
Les soirs de typhon
Ne pouvait plus dormir, s'inquiétait pour les pommes

敬愛

煤(スス)けだ賞状見上げデ
私(わ)の父親(ちぢおや)の剪定(て)になった枝
次の年の実の付ぎ違うんだオンって
こしたに誉(ほ)めらいでみてもんだ

Vénération

Levant la tête vers le certificat d'honneur jauni par le temps
« Les branches élaguées par mon père
Apportaient abondamment des fruits l'année suivante. »
J'aurais aussi voulu être félicitée

20

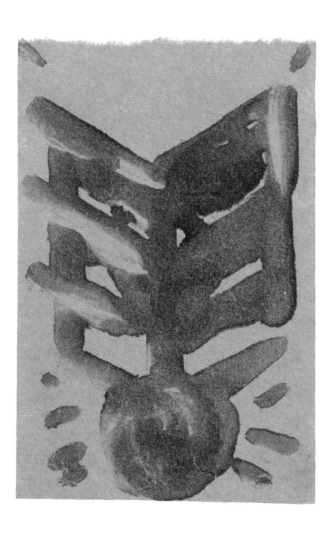

逆さドーム

しばらく振りに帰ったっきゃ

林檎の畑

まるっと消えでまってあったんズ

Dôme renversé

Après un certain temps, je suis rentrée
Le verger de pommiers
S'était complètement évaporé

網膜（もうまく）

実家の後ろの林檎の畑（はだけ）（おい）
堰（せぎ）の向こうの栗の大木（たいぼく）
そのまだ向こうの梵珠山脈

La rétine

Le champ de pommiers derrière la maison
Un grand châtaignier après le canal
Au loin, la chaîne de Bonju

雪解げ（ゆきど）

重だそうに枝っこ

バネきがせで　ドサッとひと振り

いっつか紫（むらさぎ）の芽っこ吹いてあったオン

Fonte des neiges

La branche alourdie
D'un coup se secouait brutalement
Déjà une pousse violette bourgeonnait

林檎は何にも言わないけれど

この先ずっと
愛んこい実 付けるはんで
私とば切るな
伐ねんでけ
蝉っこ どごさ登ればいい

Même si la pomme ne dit rien

Je porterai pour toujours de charmants fruits
Ne me coupez pas
Ne m'abattez pas, je vous en supplie
Où sont donc censées grimper les cigales ?

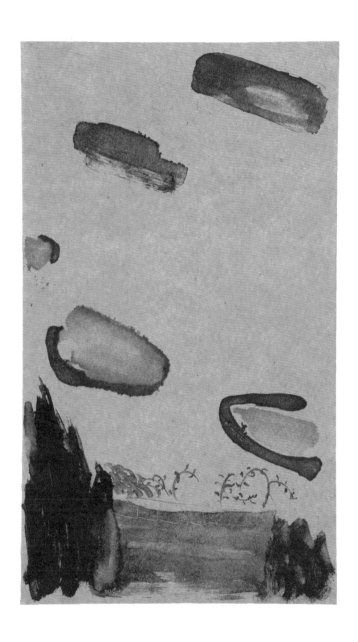

Sho Asakawa, Peintre, graveur, Née à Goshogawara, diplômée
à l'école des beaux-arts Asagaya à Tokyo section design.
Elle a acquis la technique de l'eau-forte à l'atelier 17 à Paris et
celle de la lithographie à l'atelier de Champfleury.
Les publications des livres illustrés en collaboration des poètes
sont : " DITES TRENTE-TROIS, C'EST UN POÈME " de Werner
Lambersy aux éditions le dé bleu, "ARBORESCENCES" de
Michel Collot aux éditions Tarabuste. Expositions en France, en
Allemagne, au Japon et en Suède.

Même si la pomme ne dit rien

Achevé d'imprimé le 6 août 2023 par Aomori Bungeishuppan,
d'après la composition de l'artiste

Auteur : Sho Asakawa
Editeur : Shinya Sasaki
Editions : Aomori Bungeishuppan
467 Fujimaki Karakasayanagi Goshogawara
Aomori 037-0004 Japon
Façonnage : Bungei Printing CO., Ltd.
Flashage :   Bungei Printing CO., Ltd.

浅川 祥（あさかわ しょう）
画家・版画家　五所川原市生まれ。
阿佐ヶ谷美術専門学校デザイン科卒。アトリエ17（パリ）にてエッ
チング、アトリエ ドゥ シャンフルーリーにて石板画を学ぶ。
詩人とのコラボレーションに "トラント・トロワと言ってごらん
ほら詩が飛び出した" ウエルナー・ランベルシー 詩、浅川 祥 絵、
ル・デ・ブルー出版。"アルボレッサンス" ミッシェル・コロー 詩、
浅川 祥 絵、タラブスト出版がある。
フランス、ドイツ、日本、スエーデンにて個展開催。

林檎は何にも言わないけれど

2023年8月6日 発行

定価 1,320円（税込）

著　者：浅　川　　　祥

発行者：佐々木　信　也

発行所：青森文芸出版

〒037-0004
青森県五所川原市唐笠柳藤巻467
電話 0173 - 35 - 5323

印刷・製本／㈱文芸印刷